秋深枫叶红

唐友明 —— 著

文匯出版社

自序　病树前头万木春

自幼爱诗却很少写诗，首因是没有天赋，其次为没有文字基础（小学毕业）。第三，待有点文字基础时被自己的生活故事所引，入了小说创作的道。后又迫于生活，辞职下海，选择了完全"骨感"的生存方式。为钱途奋斗，直至身体垮塌，换了肝脏。余下的日子，养病成为"职业"，人也成了"职业"病人。

在死亡线上挣扎回来以后，感觉有点两样，太阳不一样了，花草树木也不一样了，生活又有了新的希望。这种由新的希望生发出来的生命的警觉、敏锐和浓烈，如喝了啤酒换白酒，口味一下子重了许多。我想换一种方式生存。我开始一边学画一边学写诗，给所有的空余时间注入内容。在大面积的阅读基础上，我的诗兴超越了绘画的兴趣。犹如烟瘾，我每天清晨四点起床，如鸡打鸣，极为定时，一天一首，以至于三四首，一时诗兴勃发，诗情如潮，这样，用了半年时间写了一百五六十首。我的画也由家乡安亭文广中心为我举办了两个月的画展。

我 1947 年出生于上海郊区的农村，25 岁离开农村。但我的童年是属于农村的。农村的艰难岁月留给了我太多的深刻影响。我家祖祖辈辈都是农民，我的身体里流的也是农民的血。我在本质上是一个农民，所以我为自己起的网名就叫"城郊农夫"。我的诗主要也是写家乡农村的，因为那里有我厚实的创作素材基地，往昔的苦难生活时不时会触碰我的笔尖，灵感时有闪现——当然也有铁杵磨针的用心。

与此同时，我也开始关注当今诗坛，收集了很多公众号，从中寻找我所心仪的通道，在意念中与他们对话，方才发现，当下中国的诗歌正处在百花齐放万紫千红的季节。诗坛已经远离被物化的威胁。

不久前在网上看到中国散文家协会举办 2017 年《中华情》诗歌散文大奖赛，发了两首自己认可的诗去试探深浅，两个月后获通知，其中的一首《父亲的流水作业》竟得了金奖。有一点小喜，也有点不以为然。当今诗歌正步入"颁奖季"，诗人写诗偶尔获一次奖不是一件稀罕事，心里没有当年小说获奖时的兴奋了，但获奖多多少少也给了我一定的自信。说明我的个体体验获得了普遍意义上的认可。

我学诗不久，还刚刚起步，出这本诗集只是想为自己留下曾经的精神足印，我会继续努力，向热爱诗歌的同好学习。

2017 年 11 月 11 日

目　录

四 写给自己的信

五　竹杖芒鞋走天下

六　我收藏了一枚枫叶防老

七　关于诗的诗

八　时间远去了

九　散文诗

一

遥望我故乡的土地，我泪流满面

安亭江

历史从不害怕考证，害怕考证的是我们自己。

江水浩荡，一条鱼逆水而上，游进安亭江。

触碰泥沙与陶罐，成为故事，

化作六棵银杏树叶上的露珠，照亮安亭古镇的辉煌。

菩提寺钟声悠远，香火中散发出救赎之音。

仿佛隔世，仿佛历史已经断裂。

繁茂的香樟树，在支流安亭泾两岸挺立成擎天的武士。

仿佛迎接天宫神女降临。

要将安亭换头换面了？

在埋葬了古江中鱼和盐商的尸骨后，重新画出一方土地，

在那里建起一座魏玛——安亭新镇。

为西洋文化立了一块碑，

这与安亭江的历史产生了一种类似暧昧的联结，

恍惚而又捉摸不定。

为了让后来人品尝中西合璧的香茗，

一种带有时代浓烈气息的滋味？

为了给喜欢在秋天里歌唱春天的人们一个自信的理由？

尽管安亭江有着疼痛的岁月，并以告别的仪式远逝。

但盐商的眼泪在安亭江与安亭泾交汇时合成了一股，

流向吴淞江，经青龙江流入大海，

助力航行中的所有船舶扬帆。

一部分成为安亭泾波纹里的诗行，留给后人朗诵。

而香樟树高耸入云的新枝，正穿越历史的雾障，

拦截南归的飞雁，告诉它，

文人墨客正在向严泗桥聚集，

他们正在用一幅春天的图景描绘安亭！

（2017 年 10 月 22 日）

父亲的流水作业

一

晨曦初起，草尖上的露珠
照亮了星星。
父亲去牵牛，
牛在老柳树底下。
牛吃着草，
牛背上有很多小鸟。
父亲去牵牛的时候，
牛背上的小鸟飞走了。

二

割去了麦子的麦田里灌了水，
灌了水的麦田一片汪洋。

父亲在麦田里，

牛在麦田里。

麦田里飞起一道道浪花，

牛在前面，牛像牛，

父亲在后面，父亲像马，

这一对活宝几十年来，

一直像亲兄弟。

三

水田变成了绿色，

父亲是绿色的神。

他确保水稻田里的水

低田不多一寸，

高地不少一分。

父亲站在绿色的中央

阳光照在他的脸上，

父亲的脸色像阳光一样。

四

秋天的田野有点空旷，

蓝天白云底下，可以看到远方。

父亲的扁担

一头挂着汗水

一头挂着希望

脚下的田埂在飞奔

父亲被远山辉映。

五

父亲把秋季掰开，

掰成粒粒金黄。

然而，他把秋移交给冬天贮藏。

这时候，我看到

忙完了的父亲笑了。

父亲在麦垄一样的笑纹里，

被季节转让。

母亲的草地

草地是春天的宠儿

嬉戏于春风烂漫于阳光，

草地属于童年，

每一棵小草

都有顶着露珠儿的梦，

每一朵小花

都有芬芳的理想

这是一种天经地义。

然后，

然后不！

我的母亲没有草地，

尽管我母亲也有童年。

天经地义，并不覆盖所有的人，

我的母亲没有天经地义。

草地上应该有父亲的胸膛

父亲的胸膛在草地上是一座山冈，

是儿女爬上爬下的地方

是儿女骑在他的肩上，

可以看得见太阳的地方。

草地也是母亲的脸庞

上面盛开着微笑和慈祥。

再顽皮的孩子也离不开母亲的怀抱，

当母亲在草地上张开双手，

呵！

那里储藏一股多么巨大的磁场

有哪一位孩子，不愿意张开稚嫩的翅膀

去那里飞翔？

可是我的母亲没有草地。

我的母亲只有

育婴堂，和

育婴堂里所有的噩梦。

草地，是所有的孩子放飞天真的地方，

也是所有的孩子最初做梦的地方，

伟大的母亲们，

用爱的乳汁，为草地铺了
一层阳光。

然而
然而不！
我的母亲的童年没有乳汁，也没有
阳光
她，
属于太仓南端的一座育婴堂

没有草地的母亲，
在不到三岁的时候，
把眼泪寄存在育婴堂，
她被一位奶奶带走，
还是孩子的母亲，
以童养媳的身份，成为
我父亲的新娘。
母亲在她一生的仪式里
没有找到草地。

多年以后
当我们在不经意之间
谈及有关草地的话题时

我常常发现

母亲的脸，会不自觉地

面朝太仓的方向……

红花草收藏了一次带泪的记忆

岁月之风抚不平石刻的创伤印痕

我在湿漉漉的回忆中看见母亲恐惧的眼神

饥饿之虫在腹中蠕动

倔强的生命活下去的冲动

夜幕降临

母亲和队里的女人们，蠢蠢欲动

颠覆家鼠的胆量

诱人的红花草在四月的春风里舞蹈

红花草是农作物来年的肥料

也是人与畜的充饥之宝

偷偷地提着篮子

偷偷地提着侥幸

队长的手电之光

是刺向女人们的利剑

仓皇中逃脱的母亲

甚至不敢躲进家门

在猪圈的一侧，眼神惊恐整个黑夜

父亲瘦骨嶙峋

他开罢早工回家

端起桌上的一大碗粥

父亲在碗里没找到米粒

他看到粥碗里全是他女人昨晚偷来的红花草

他慢慢拨开红花草

他看到碗底一轮红日正在冉冉升起

愤怒的父亲将粥碗砸向了母亲

母亲的哭声惊天动地

我注视着父亲

父亲掏出半截烟蒂

迎着阳光雾遮半个世纪

除了母亲嘤嘤的悲泣

世界没有一点声音

往事如鞭！

注：记三年困难时期中的一天。

十二月，是父亲的季节

十二月，冬天大模大样地来了。

如入无人之境。

父亲刚开了半扇门，屋子里立马满满地灌进一屋子的冷。

昨夜下了小雨，早上

又结了冰。

父亲朝外望了望

没有雪，只有飕飕的风。

他的腰间和裤腿已用麻绳扎紧，

在这样的天气里，

他知道要保护好自己身体的热量。

父亲抬头又看了看天，他

没看到太阳。

南方人把这样的天气叫作"冷阴冬"。

犹豫了一下，

父亲还是拿出了那根紫褐色的榆木扁担，

那根扁担硬邦邦没有一点弹性，像门前

那条冻得坚硬如铁的小路。

也像他撞墙不回头的脾气。

他把一副钩绳绕成一圈一圈三四十厘米的圆周，

又熟练地将钩绳扣住扁担的一头，

手一转将绳圈拧成了8字，他将另一头也套上了扁担。

这个动作我看见过千百次了，

我在父亲的这个动作里，看到了他

为这个家和他自己而奋斗的一生。

那时候，我无能为力。

眼看着父亲将扁担往肩上一扛，头一埋，就出门去了。

风立马包围了他，

我看到在风里行走的父亲，

被风簇拥着，

犹如被绑架着。

风推着他前行，父亲的脚步有点身不由己。

我就这样看到父亲被风绑架着，簇拥着，

身不由己地一步一步地走向风里……

直到现在，我依然能看到他远远的身影，
在记忆的深处，
父亲像一棵树，挺立在风里……

注：记父亲的一个记忆瞬间。

面对那片土地，我满脸泪痕

记忆如风的迅捷

掠过往事之窗

我听到未曾谋面的祖父

一声沉重悠长的叹息

这像一个梦

带我走进黑夜里

我又回到了故地

在老宅之东

一条小河

千年沉默

幽远如绵长的素练

小河扰着的是一片孤寂的坟地

那坟头紧挨的坟头

是这一片土地的碑

杂草就是碑文

秋天里的野菊花

黄得刺眼。

淡淡的芬芳是这里的凄凉。

无法形容那种悲伤，

苦难已经千年。

在初夏的黄昏，

闪烁的磷火，

灼伤故乡人可怜的游魂，

我为他们祈祷！

那里也有我祖祖辈辈的亲人

每一盏磷火都是他们的灵魂，

他们在寻找什么，

寻找什么呢？

面对那一片故土，

我满脸泪痕。

（2017 年 7 月 18 日）

我深陷于故乡的土地

除了梦，还有仰望

除了小河里碎成无数星星的月光，

还有深埋于竹林深处的那两间矮房。

山峰，海浪，阳光！

这些都小于一个五分钟的梦。

上帝的暗语破解你神秘的微笑。

而我正深陷于故乡的土地，

双手合十，

那些云、雨和风

请给我的故乡人送上一个火热的金黄！

人名，一个又一个

太阳很红，天气有点冷。

眼睛里看见了什么？

我坐到椅子里发呆，

呆若木鸡。

中午去超市，碰到了一个人，

擦肩而过时，我看了她一眼，

像付玉英。

我回头再看时，付玉英走远了。

付玉英跟我说，下午，她去参加妇女干部会。

付玉英不在时，打药水的龙头由我挡，我是队长。

有时是梅玲姐挡，她是副队长。

1059 和 1605 是剧毒农药，

有内吸作用，碰到皮肤就直接进到血液，

只一滴，

就能毒死一头牛。

那时多这样用。

我们在皮肤上涂肥皂，厚厚一层，

再戴双层口罩，

用最原始的防卫，保护脆弱的生命。

太阳很红，天气有点冷。

风也不帮忙，常回旋，药水扑面而来。

我不知道现在还能写这些文字。

因为是队长，副队长，队委，最苦最危险的事

就理所当然！

没有宣誓仪式，

很平常的事。

毒性潜伏，

身体扛不住了。隔壁队里的杨秀芳第一个死了。

后来付玉英也死了。

那个打完药水去游泳的章啟祥，

当场抢救回来了，但毒性还在身体里。

药效有 60 年，章啟祥等不到 60 年，没几年也死了。

梅玲姐是死得比较晚的一个。她算是比较幸运的。

比梅玲姐更幸运的是我，我进了城。

人没死，但肝一直不适，

右手撑住腹，像焦裕禄，很光荣的样子。

没有想到要埋怨什么，只是觉得

肝一直不舒服。

其实那时太阳很红，就是天气有点冷。

肝痛肝肿几十年后，肝开始硬化，开始衰竭，

风去风又回。

于是就昏迷，一次又一次，

于是就换了肝脏。

医术高明

该感谢医生！

这里，必须用感叹号！

不知谁感谢我？

感谢付玉英？

还有杨秀芳，还有章启祥、梅玲姐？

太阳很红，风很大，

风把那些人都吹走了。

如今，谁还记得她们呢？

有谁知道她们其实很勇敢，

她们的牺牲非常伟大！
她们是那一个时代的英雄！
她们应该成为农民中的烈士！

太阳很红，秋已深了。
我的眼睛里，满眼烟云。

我待在椅子里，想着自己，也想着她们，
付玉英，杨秀芳，章啟祥，梅玲姐，
人名一个又一个……
她们的名字没有上过报纸，我今天
把她们收进我的诗集里，
让她们的名字与我的文字
一起生
一起死

我的目光，朝向那片河滩

更多时候，我能听到水的声音，
从上游过来，
在遥远的地方，水顺流而下。

我的目光从一枝木棉离开，
在潮湿的空气里，传来山雀绿色的羽毛，
翅膀扇动空气未曾选定方向。

风里雨里到底是谁在主张？

打开大门风紧随而至，
我看见那张搁在河滩上的渔网。
风，总是在你之前。

沿着河滩，河滩上的那个老人，

风掠过时，木棉总是顺从的样子。

那条顺流而下的船，趁势而过！

而此刻附近的学校里，刚响过上课的铃声

我还在注视着那片河难，

那个老人身边多了一条狗，

木棉、老人、渔网、狗，

河滩边上什么时候停了条船？

是否准备迁徙？

没有笛子吹响，送雁群远行。

天上，一排文字，写成人形，

这水的声音到底有没有改变木棉的命运？

（2017 年 9 月 24 日）

一个季节的歌

八　月

葡萄熟了，

风里带来隐隐的钟声。

我所说的八月一直有点张狂。

这个季节，适合疲劳，

适合汗流浃背或者受伤。

诸如暴热，台风，折断一棵树，

诸如大水爬上了二层楼。

八月需要一次安慰，

放假三天。

不外乎有一些要重来。

不外乎电杆断了再竖起来。

不外乎西瓜熟了葡萄也熟了，

挤在一个季节。

这没有什么，

如果卖不出好价钱，

收获依然很多。

所有的季节里都有东风与西风。

而八月，在热烈中积累了阵痛。

犹如一次诀别后的重复。

而下一个季节里，

知了已然！

九　　月

卸去上一个月留下的多余，

以一种类似温情的深度登临。

让一种周而复始的愿望，

获得凉爽并更加贴近。

想象着可以欢声笑语的远游，

看一些从未见过的风景。

不过是一些疲劳，

不过是往上往下的爬与行，

或者索道，

或者快艇在水上飞行，

还有晚餐，酒，海鲜，

想起贝类，

就想起海螺，

冲动就管不住。

像久别的老友，

异地重逢。

在一页历史的祈盼中，

一场隆重的庆典，

正在迫近！

十　月

假如这灌满了你视野的黄，

说明不了什么，

那么你转身看看你熟悉的枯萎的白，

看看那些倦鸟与行将断流的沟渠，

他们的飞翔他们的奔流。

如果农田里低垂的稻谷

和山岩边盛开的野菊说明不了什么，

你可以去问七月的西瓜八月的葡萄。

如果你闻到空气中带有腐味的香，

如果你看到汗水中流着鲜艳的红色，

一切都会明白。

如果你转身，

你还会看到，在路上的那些人，

跟跄的脚步和吊在垂柳上的那顶草帽，

耷拉着多像西下的夕阳。

这是一个熟得有些蹒跚的季节，

先不要敲锣打鼓为他们祝福，

天空已有雪飘，

先给他们一根拐杖，

让他们有个支撑，

让他们在丰收以后，

获得一份分享！

那座城

昆山花桥，有一座城，很小，小成无形。

压缩时间，弹出历史的面孔，

不想看金戈铁马，

长矛与大刀上的血迹，已被苏州河带走。

只有白骨，历经风尘掩埋，

成为文明河流中的冤魂，

在沉默中落泪。

有一棵树可以做证，

文明的历史，是血写的诗行。

就在这里，二千二百年前，

那场呐喊与厮杀声中，一夜之间崛起的这座城池——金城

如今已被绿叶与浓荫遮盖。

历史在时间锋利的刀刃上被切成一段一段。

哪一段不是浸在血里？

当漫漫长夜中亮起一盏灯时，

我看到那缕微弱的灯光下有一列驼队的影子，

据说他们来自这片土地的四面八方，但朝着一个方向。

不是淘金者！

他们是为那座城而来的，他们在寻找祖先的灵魂，

为一本族谱连接文明的过往……

天还未亮，

我看到驼队正在远行，而坡地有点陡峭，

那盏灯在风里，闪闪灭灭……

注： 为 2017 年 10 月，《西桥东亭》文化促进会组织全体会员参观花桥金城历史遗址而作。刊登于《西桥东亭》总第五期。

(2017 年 10 月 10 日)

菩提寺

那棵银杏依然挺立，

有一点勉强，

绿叶变黄，

并非因为秋天。

还有更深的原因不在这个时候诉说。

只有大雄宝殿，

宏阔而又宽敞的巍伟，

在一场风雨的洗礼中成为灰烬。

木鱼敲醒幽魂徘徊，

经音缭绕于空旷，啼鸟的哀鸣划过苍穹下低垂的云霓，

留下一片血色残阳。

信徒茫然然于佛的神秘，不再坚如磐石彻悟真谛。

问上苍呵，

虔诚的哈达是否还很纯洁？

该不再彷徨于左右的风景。

从赤乌二年，

孙母高举清香，

许下的心愿可曾归位于希冀的土地？

我只轻轻拂袖，

携一缕清风。

天将渐黑，

疏林夕影，

寒鸣已静！

（2017 年 10 月 23 日）

二

天地之间

马赛马拉的死亡幽灵

撕扯的血肉书写生命的激荡，
绿色的草地在安详的阳光下
目睹野性的疯狂。
蹂躏弱小，
蹂躏弱势群体的恐慌。
强者的猖狂，没有阻挡。
马赛马拉河上，
游荡的冤魂挣扎着绝望。
生命的希望在同伴死体的背上。
踩踏恐惧，
踩踏希望。
鳄鱼与狮子，
虎豹与豺狼，
还有野狗还有秃鹫。
一样的眼睛一样的凶残

各自成帮。

互为阶层，集体疯狂。

那些可怜的麋鹿与牛羚，

野牛抑或象群……

食素者们天生了一副草民的命运。

什么时候，

你们也学会残忍？

也学会血腥？

在马赛马拉的草地上，

也掀起一场暴力革命？

（2017 年 8 月 22 日）

金字塔，血泊中的文明

铁蹄扬起的尘土弥漫了古埃及四千年的天空，

太阳被遮挡了，

月亮淹没了，

广袤的土地之上，呼号着千军万马的呐喊声，

冲锋，冲锋，冲锋呀！

鲜红的血浆映红浑黄的天空，铁蹄下的死亡满山遍野。

啊，这伟大的杀戮呀！可是文明的始祖？

抑或是世界文明史的序言？

这一片浸透着鲜血的土地呀，

一寸白骨一寸泥。

就用你们的白骨做地基吧，在此之上

我们伟大的国王要造一座宫殿。

用 530 万块石头，垒一张 5 300 平方的床。

伟大的法老，国王，

你的宫殿让世人瞩目，

你的伟大让世人钦佩！

一块四百吨的巨石，你指挥奴隶用肩膀

一步一步扛到顶上。

这巨大的天梯呵，

真能把你的灵魂送到天上？

文明，这方方正正的文明呵，

这步步高升的文明呵，

你到底是谁的象征？

是你至高无上的权力，

是你死亡之后还活着的贪婪与欲望，

还是压在你身下的那千千万万奴隶的冤魂？

看着哈佛拉前面的狮身人面像，

我在想，你在看守什么？

你能看守住你的财富吗，那一箱箱的金银珠宝？

你能看守住你的威仪吗，让你的木乃伊成为万世之王？

还有你的权力，

你的美女，

你的战马，

你的奴隶，

你一样也舍不得放弃，

贪婪的君主呀，你无际的欲望，

这金字塔如何装得下？

在四千年的风沙吹拂下，
在四千年的阳光暴晒下，
在四千年的风云血路里，
你身后的那些冤魂觉醒了，暴怒了，
他们群起而攻之，
抢走了你的珠宝，
赶走了你的美女，
把你的木乃伊扔在郊野！

呵，我看到文明在烈焰中燃烧，
我看到烈焰中白骨在舞蹈。
骷髅整齐地排列成文明的坐标。

我看到，阳光之下奴隶的鲜血变成了石油，
又重新流入了富人的腰包。
这就是文明延续的释义吗？
历史的文明如此的血腥吗？

从古埃及的金字塔到
秦始皇的兵马俑
一条卑微灵魂绝望的文明隧道！

（2017 年 8 月 23 日）

场　子

道士被礼貌地请走以后，
诗人便粉墨登场。
木鱼如野生的吉他手，在暗处，
在桥洞，在广场舞结束以后
另辟战场。

将白色和红色交给彩灯，
交给鞭炮与诗人。

物质之外，那大片的空旷，犹如雪地
游魂像风一样汹涌，
如潮涨潮落。

诗人转身，走向场子，
在靠海的地方，借助海风，传播慷慨与激昂。

也去高原，借助神圣的哈达，表白虚拟的真诚。

在杯盘狼藉里，创造一个又一个神。

不会去庙堂，供奉香烛，

玷污虔诚者的灵魂。

虚拟的稻草人只在皮影戏里收获光荣。

场子在锣鼓声中，

用贬值的玫瑰与贱卖的文字交换。

大国文明，

虚幻的狂欢在热闹中挥霍溢出的生命。

而另一些人正忙于搜索废旧市场，

窥视一切暗角，不错过每一次对机会的筛选。

他们知道，但是无奈

先机早已在分配以后又哄抢一空。

当诗人无法面对时

走向一堵墙壁。

让白色成为雪景

在雪景中，期待一支梅花的盛开

诗人在寒冷中，

享受来自雪景中梅花的芬芳

拳 击

拳击是拳击手的职业。

擂台不是舞台。

这里没有抒情与恩恩爱爱

这里只有血性的搏杀，

残忍的暴力。

征服就是主题，

征服就是欲望。

台下有冷面的看客和疯狂的呐喊。

理性，

在这里被欲火焚烧，

规则像一根随时会断裂的链。

力，是这里的主宰。

尽管形象有点野蛮。

金腰带在斑斑血迹中，伤痕累累。

看不见人性的光辉。

一座座宫殿在摇摇欲坠中竖起来，

是为它加固，

还是将它拆毁？

（2017 年 8 月 25 日）

注： 看视频拳击赛有感。

当种子误入了土地

假如没有那一阵风，
你不会与土地接触。

现在，
你只有发芽了，
生命在偶然中降临。

无法预测太阳会给你多少温暖，
无法预测你会经历多少风雨霜雪。
一切由时间安排不由时间决定。

从此，
你变得胆战心惊，
像土拨鼠高举的眼睛，
警惕周围的一切。

有时候，石头会从山上滚下来，

挡住你前行的路。

甚至，有时候，会有一只狼会从黑暗中窜出来，

咬你遍体鳞伤。

也会在夏天，有凉风吹来。

也会有雨，

在你干渴的时候送来。

生命之运，躲在自然的缝里。

但不管如何，

到了这个季节，你还是要绽放。

不是因为高尚，

是因为一点起码的责任。

为包容你的这一方土地，

你也要留一点芬芳。

(2017 年 9 月 5 日)

节日长假

城市的迁徙从今天开始，
密度稀释

节奏如水，年复一年。
远处的山、水、石头、小桥
承受一场台风的考验，
雷雨之前，乌云翻腾的景象
正当此时。

城市的窗口，帘布阻挡阳光进入
黑暗中
阒然无声
城市被暂时掏空，

放飞鸽子的飞翔。

一些零件，被搁在一旁
等待潮水过后安装，等待
放飞的鸽子收拢翅膀

天空时阴时雨，
有飞鸟受伤的哀鸣，在空气中如一道血色之光
一场隆重庆典总会有滥竽之手，
雄浑的乐章由此遗憾。

而我，往往在这样的时刻
如懒猫在春天，让温暖的阳光沐浴我，
偶尔，也举个杯子，学诗仙邀月对影，
不会烂醉如泥，
只是陪陪光阴。

(2017 年 10 月 3 日)

土拨鼠

哪怕你踮起脚趾，

哪怕你把身子拉长，

哪怕你长八条腿再加上八只眼睛，

你的命运在你出生之前就已锁定。

你被食者豢养，

就像农奴被农奴主豢养。

此刻，我相信你能听到树叶落下的声音。

但这无济于事，

你的命运就是食肉者的食物，

你的价值在你死后三个小时之内有效，

垫补饥饿的时间。

(2017 年 9 月 21 日)

蟋　蟀

在高楼底下，

在高楼底下的影子里，

一群人的脖子被影子拉长，

像在漫画里被夸张。

所有的目光聚焦在一只圆圆的瓦盆里。

两个宿敌，一年一度，

又拉开了架势。

玩兄弟阋墙的故事，

这里，

没有七步诗能救谁。

各自的命运凭各自的本事。

在这座城里，

有许多瓦盆，

也有许多蟋蟀。

（2017 年 9 月 23 日）

那些玩卡丁车的小孩

这么小

竟这么大胆

敢与速度比赛

像模像样戴上头盔

像模像样在 F1 赛场上

随便地那么一站

就站出了战士的模样来

他把面前的运动场

看成未来的战场

并不想有一点懈怠

目光凝聚的一刻

是风的召唤

只要脚下的油门同意

勇敢已不成问题，

100 的速度，没有挡风玻璃

阻力，现在开始承受

而未来，一定是一条宽阔的大道

让冠军领奖台前那面红旗

为你的前程冉冉升起

（2017 年 9 月 26 日）

注：写给 2016 年卡丁车少年组亚军，年仅七岁的汤乾观岳小朋友。

邻居的距离

有一些远方可以走近。
有一些距离就在隔壁。
陌生之墙涂上了警惕的油漆，
暧昧的阳光从不表明心迹。
像两只眼睛，同为一双，也隔着山脊，
管各自的前方。

薄如蝉衣的窗纸，
有时只要一次随意的搭讪。

没有风的鼓动，
纸就会像坚硬的铁板。
蜷缩的生活 成为习惯
像河里的小虾，
习惯了弓背，

习惯了要有水草护身。

太多的教训像盛开的罂粟花。
连空气也拒绝茫然。
一次轻率的跳跃，
就有可能被阳光灼伤。

在黄昏沙沙的树叶后面，
潜伏着绿色的眼睛，光线太暗，
看不清世界真实的色彩！
宽容胆小者，
给他们
时间，
保留胆小者胆小的理由。

（2017 年 9 月 28 日）

三

情与爱

江南总在春天分娩

北方的雪还在增厚，

南方的麦地已经开始返青。

我的信仰挣扎着挤在草丛里，

躲在一块岩石后面，

热血沸腾。

探出半个头的兔子，竖着耳朵在察看动静，

她刚刚怀孕。

她的眼睛里藏着初为母亲的喜悦。

她相信绿色很快会爬满山冈，

春天快来了。

江南总在春天分娩，

一场有关阳光与生命的竞赛，

正在争先恐后地报到！

(2017 年 10 月 11 日)

故乡遗梦

隐隐约约又回到了故乡，

隐隐约约又站在了窗下，

对面的窗开着，

对面的窗空着，

空成一种遥远，

空成似梦非梦。

都是水上人家。

一条小河像一条绸带，

系在小镇的腰上，

把小镇系成了河南河北。

河上有两座小桥，骑在绸带上。

一座在水上

一座在水下。

两座桥合成一个圆，

把小河挖了一个洞，

看得见白云，

在洞里游，

白云后面是蓝蓝的深

能否抵达天宫？

我揣个粥碗，

看窗外风景，

她在对面挡住了我的眼睛，

让我看不见其他风景。

于是我以阳光的名义，把她留在心里。

偶然也会看到一把红纸伞从桥上走过，

在那洞的上边和下边，

款款而行。

每一次看到这样的情景，我都有点担心，

怕她一不小心掉进洞里，穿过白云去了蓝天。

我希望她从桥上过来，

希望她正好缺一本书而我正巧有，

这样就会有一个合乎逻辑的理由，

所有的希望；

都要有理由才能圆梦。

这样的日子重复着，
重复成平常。
平常是疏忽最充分的理由，
我不需这样的理由，
不需要的理由却常常会不自觉地拥有
——她不见了。

我揣着粥碗站在窗下，
眼睛一览无余毫无遮挡，
空旷的心田没有树木生长。
阳光已经迁徙，
红纸伞不知去了何方？

隐隐约约地看到对面的窗，
隐隐约约看到红纸伞挂在墙上……

(2017 年 10 月 16 日)

在河之洲

你去了，
在河之洲。
从此再无法相见，
把思念寄在梦里。

曾经握过你的手，
曾经吻过你的唇。
最难忘的，
是临别时的那次拥抱。
我拥你在怀里，
感觉你的娇小。
你的双手，
紧紧勒住我的腰。
很久，
很久很久。

很静，

很静很静。

不松手。

不说话。

那一刻的沉浸，

撕心裂肺。

那一种享受，

刻骨铭心。

你必须走了，

一步一回首。

我在远处，

折一片柳叶，透过柳叶上的水滴，

看到你依依的心，

湿了一路风景。

风送你远行，

在河之洲。

我在城市的边缘，

借十五的月光，

照见你在水中央，

依然原来的腼腆，

依然原来的窈窕。

你正款款走来

此刻，

我祈祷，

不是在梦里⋯⋯

（2017 年 10 月 19 日）

郊外的车站

我去乡下看一位朋友，

一位同我一样爱写诗的朋友。

在郊外的一个车站上，

有一对母子与我一起下车。

年轻的女人怀抱一个两三岁的儿子，

一个很清秀很干净的女人。

一个眼睛很大很可爱的男孩。

我边走边与他们搭讪，

解决了一路上的孤单。

后来我干脆接过男孩，

我给男孩讲故事，

也去亲他稚嫩的脸蛋。

女人跟在后面，

拎着提包，看我和她儿子的背影，

她的神态很安详。

郊外的视野很开阔，
陌生人纷纷投来羡慕的眼神，
他们都把我当成了女人的男人，
其实，我还不知道他们是哪里的人。
不过，在我心里，
确有一股温馨，一时说不清，
好像我就是男孩的父亲。

（2017 年 10 月 27 日）

乡下，邻家的女孩

再见到她时，

她已不是女孩。

在无数次被太阳晒过，被月亮摸过之后，

笑容依然灿烂。

她一直很富态，胖胖的。

一笑，眼睛就很柳叶。

吸引我的，

是她的穿着，

她的穿着非常明天。

这有点让我刮目。

我看到了时代的变迁。

我们攀谈良久，种种别后的各自。

分别时我又发现，

其实她还很从前。

性格、脾气、包括说话的语气，

望着她的背影，
我像在画展里看一幅唐人的仕女图，
昨天与今天，
一样的美丽，
一样的依稀……

(2017 年 10 月 28 日)

捡来的热情

匆匆前行，

身后传来喊声，

回首时发现，

一张漾开的笑脸正急速凝固，

呵，对不起，认错了。

他转身回走时，背影里落满尴尬。

我想到自己也有过的曾经，

忍俊不禁，

心里有一股从云里飘来的热

慢慢漾开……

（2017 年 9 月 17 日）

一片风里的绿叶

——致好友仲嘉宪

是一阵风

带着历史的惯性

抑或是一次偶然

你自觉或不自觉地掉入一口井里

无奈又心安理得

绝望或暗自庆幸

有许多时候

我们都一样

像一只鸟飞得太高

一条鱼潜得太深

一些风景

只有孤独的人

能够分享

像祖父的那口黄牙

咬嚼过太多的历史

孤独，粘贴在祖父的黄牙上

融为一体

厚积，才会有重量

也许

这是一种安排

但我宁肯相信

这是一种选择

主动或无奈的选择

如果人生都像风筝一样招摇

所有的意义

都将成为童谣

越是漆黑的夜晚

月亮

才显得更加明亮

(2017 年 5 月 16 日)

附： 一片金色的落叶

——致唐友明兄长

仲嘉宪

落叶在将落未落之际

是要渴望一场风，还是一把火

林间已然萧瑟，鸟儿也已离去

落叶还在眷恋什么

偌大的轮回故事里有春天

落叶会因此更加热爱泥土吗

过程很短，短如一朵雪花

比雪花还轻的是谁呢

比落叶更加枯黄的是夕阳

夕阳要再爱一次，它在

落山的时候停留了一下

被融化的山巅是最后的优雅

这时候落叶已经在落叶之中

金子在金子之中，过往的

在历史之中，却不去渴望丹青

只是去拥抱最后的清风

(2017 年 5 月 16 日)

送

他要走了，

越走越远，

拉长了村前的小路，

小路在远处把他缩小，

像一个惊叹号，

挂在尽头。

我为他倒满酒，问他是不是一定要走，

半醉的他点了点头，

他说没办法，老爸风瘫了，

老妈一个人有八亩地，

儿子要上学。

他又摇摇头，叹一口气，

一仰头干了，

足足有二两半。

我知道，他的心事。

妻子跟人走了已有三年，

他需要一片新的天地，安放自己。

我冲他摇摇手，像在送一缕潮湿的风。

如今，我依然没有他的音讯……

秋

男人出走的那个晚上，
女人伸出温柔的手，
想保持的温度，被迫泛黄。
男人的路
是被预设的，
到处是茂密的艾草，冷露里
鸣声不绝。
没有出门之前，先有了目标，
女人说，去
背点米回来。

没有男人在家，
女人的打理全是空忙。
从白露到秋分是女人的主题。
而此刻，湿漉漉的网搁在河滩上

鱼在阳光下

烤成一串来来去去的鞋印，刻

在一小节不长的日子里。

而秋季应该是成熟的，

不只是金黄。

还应该有笑声，有围巾，

还有怀孕。

等男人回来，

女人温柔的手指向天空

寻找雁群南归……

（2017 年 9 月 22 日）

想你的时候

想你的时候，

我就会翻出你的照片，

静静地注视你，在南翔缺角亭旁边的那棵桂花树下

你绽放无忧的笑容

而我，则收获丰满的享受……

想象你是一朵花，

盛开在无人管理的旷野。

想象你自由的奔跑，

风鼓起你的裙子，如云在飘。

你的回眸，

你的一笑。

我张开双臂，

任你拥抱。

我愿意是大海，
任你扬帆。
我愿意是高山，
任你登攀。
我愿意是春天的山川和河流，
让你满山遍野地盛开。

可是你是一朵云，
你说你无法拒绝故乡的召唤。
我理解你的故乡情怀。

我送你归去，
送走你全部的烂漫，
只留一份思念，
像一片羽毛，在心空里飘……

想你的时候
我翻出你的照片，
看你圆圆的眼睛，
看你白白的脸蛋。
我们相约，在无期的云朵。

（2017 年 10 月 17 日）

卡车从远方驶来

卡车从远方驶来，
她看见一团灰黄的扬尘，
像看见一头雄狮在奔来。

一个久远的寄望苏醒了，
像月亮从厚厚的云层里探出头来。

卡车越来越近。
心越来越紧，
有一种迫不及待！

应该有预先的准备，
比如白丝鱼，比如咸肉，比如油炸花生，
还有鸭脖颈，香莴笋，二锅头……
她有点后悔。

她也有点怨恨，
可以先来一个电话，
先来一个电话的呀，
无非是几毛话费，
无非是花点时间。

而这一刻的时间，实在太慢。

卡车渐渐近了，
她的眼睛圆了。

吴刚没有捧出桂花酒。

卡车在离她五十米的路口，
拐了个弯，又远去了。

卡车场起的黄尘，
阻断了她的思维，
一模一样的卡车，怎么不是他呢？

时间被瞬间凝固。
她一下子变成了一棵树。
看雄狮慢慢远去，
今晚，她会为一头雄狮失眠。

（2017 年 10 月 20 日）

盼

掰着手指算，
一遍，两遍，三遍，
怎么算，也该这一两天了。

她一次次走到门外，右手抵住额角，
公路拐角处的公交站上，
空无一人。

饭菜从前天就开始准备，
跑很远的路，就为了买虾米，
他喜欢虾米炖蛋。
当然不单单虾米炖蛋，
还有萝卜青菜，这是自己种的。
还有红烧肉，还有清蒸带鱼……

他说这两天一定会回来，

她不要他买项链首饰，不要丝巾花衬衫，

甚至一只人家都有的小提包她也不要。

昨天医院又来通知了，说老母亲已经病危。

她只要花纸头，那个印着红色头像的花纸头，

这个时候，只有它是她的最最需要。

她又一次站到太阳底下，

太阳很慷慨，给了她太多的热量。

腮帮子上的汗水，正从眼睛里流出来。

而公路的拐角处，赤日炎炎下的公交站，

也在静静等待……

(2017 年 8 月 23 日)

送　别

她就站在门前，

那棵弯成半截的老杨树旁边，

山羊头颈里的那个绳子，另一头被牢牢固定。

山羊生存的空间，在一根绳子的圆周之内。

她当然不想新婚的丈夫像山羊一样，她要送他出去，

深圳，北京，最好去上海。

上海是中国最好的地方。

反正，最好远一点，一直远到上海。

这是她的梦，

丈夫的绳子不能只有山羊一样长。

不，丈夫没有绳子，丈夫应该有翅膀。

而此刻，丈夫正在远去，

她觉得她手里有根绳子正在滑落，
一点点从手心里滑出去，
她突然有点想哭。

她爱她的丈夫，青梅竹马长大的，
她了解他。
一身的力气，话不多。免不了生气时也会踹他一脚，
他只看住你笑，不问为什么。
一副漫不经心的样子。

只有在那种时候，他才显得有点慌乱，
总是有点迫不及待，总是有点急吼吼。
就这么个人，
像头牛，好养。

他在很远的地方停住脚步，回头向她挥手。

恰恰就下起雨来。

她一动不动，任凭雨把她淋湿，
她觉得这个时候，只有
雨才能让她酣畅！

（2017 年 10 月 22 日）

砌墙的男孩

一

我梦想着用手里的泥刀

砌一道墙，截住阳光

留一份属于自己

这个冬季

让它为我节约一件棉衣

二

有时候也想

不如去建铁路

可以让火车载一车城市的风光

送到远方的家

让走不出大山的母亲

也知道城市的模样

三

哪一天脚手架塌了
重新投胎时我选择猫咪
躲在阳光底下睡觉
不付一分取暖费
老板那里，他还有半年的工资
可以抵债

（2017 年 10 月 24 日）

织布的女孩

这梭子，是母亲大一号的眼睛
来来回回
巡视我走着的路
其实，我也为她担心

一不小心我把母亲的白发织进了布里
长长的一匹
很想在夜里，用自己的眼泪
染黑
让母亲回到年轻

车间里很亮
外面很黑
老板的眼睛里
泛着绿光

很像家乡山里的狼

害怕他走近

害怕他的凶，更害怕他的笑

（2017 年 10 月 24 日）

友　情

当我走近秋天

当空气中有寒意来袭

我会想到朋友，

想到与朋友一起，在火锅城

那些滚烫的语言

那些从锅底翻起来的营养汤

胜于忧郁症患者的药片

如果北风劲吹

如果有冰凌触碰到心脏

多么想有一位朋友，

陪我一起

坐在河边的柳下，

或山顶的崖石上

一起诉说

一起流泪

不要说友情像什么什么

不要用友情去比喻

友情就是自己的心在朋友的胸膛里跳动

有一样的血型

有相同的心律

当他们的手拉在一起

就会有一道阳光越过山冈，照亮

谷底树林的美丽风景！

（2017 年 11 月 27 日）

周末忆

在忙忙碌碌中

放假的日子是愉快的

假如有选择

我选择以往的岁月中

一个单纯的日子

约你，骑上单车

阳光明媚

我抱住你的腰

享受飞快的速度和风

堤岸，垂柳

还有水

还有倒影

省略人生的许多纷繁

我们选择湖边的一块石头，

面朝阳光，谈我们的学生时代

那里，桃花

正在盛开……

(2017 年 10 月 30 日)

沉没的月亮

去河边打水，看见月亮在很深的水底躺着。
横到河心的垂柳，想用柳条覆盖她，
浅浅的黄昏，两岸的树影婆娑，
有轻轻的脚步声向我走来，
我的记忆有些恍惚
她执意要走，
我留不住她。
后来的日子并不好过
一直在电话里哭，
又不肯回来。

我摇晃树枝，搅动小河静静的水，让记忆清晰，
月亮开始晃动，像在挣扎。
再后来就失踪，怎样的努力都无结果。
如果天上有两个月亮，另一个一定是我。

这条弯弯曲曲的小河

这条河水清清的小河

我看见两个月亮在河底的天空里，

又追着白云，

又荡着秋千！

(2017 年 10 月 30 日)

记一次静安寺电报局部分老职工聚会

2017 年 11 月 3 日静安寺电报局职工毛国桢老友约张静华、付玉微、鲍柯琴、陈彼得、谢文怡、唐友明重聚千禧海鸥大酒店，享受了一个温馨美好的下午，写小诗一首以示纪念：

久别最盼有重逢，
一旦相聚话无穷。
忘却时辰恨日短，
临别再三说保重。

(2017 年 11 月 3 日)

为"静电"部分老友重聚千禧宾馆而作

假如人生真有开心事，

不外乎故友重叙，

话岁月情长，祝相互安康！

我看见自己，在深秋的午后，

走进梦里，与一群经历过沧桑的飞鸟重聚旧林。

告别凌云岁月，

也不去谈及老骥伏枥。

过往的，皆为烟云。

哪怕蹒跚，哪怕白发染霜皱纹纵横。

只要有笑声，有续接的话题，

有下一次的重逢，

便足够。

道一声珍重，是我全部的祝福！

（2017 年 11 月 3 日）

垂柳情寄

春的使者轻装素裹的优雅，
微风轻扬柔美的舞姿随风。
晨雾笼纱的羞涩，
疏影水中。
忧伤的羌笛悠远，
斑驳的故事蒙眬血迹依稀英雄。
飞沙扬尘，
滤去往昔的沉重。
又见轻盈的身影，
戏喜蔓草小花满地的粉红。
江堤春早，
听燕子衔泥的童谣。
心的深处，
却是别一样的沉重！

(2017 年 7 月 17 日)

喜欢少年

喜欢看你走路

看你把喜悦与烦恼从脚步里漏出来

喜欢听你唱歌

沙沙的嗓门跟鸭子一般

喜欢你绒毛一样细密的胡子

也喜欢你一笑时的天真与灿烂

甚至喜欢你叛逆时的胡来

点一支烟，烟灰乱弹

喜欢你遇到不屑的人时

送去有点过分的白眼

更喜欢你在图书馆里

当志愿者时

胸前还戴着团徽

那天下雨，看你没带雨伞

我向你靠拢

送你半个平方的关爱

不是因为你很可爱

而是知道你的肩上

有一副即将挑起的重担

(2017 年 9 月 3 日)

爷爷与宝宝

宝宝，心爱的宝宝

你在爷爷的怀抱里好梦正长

爷爷的思绪随着你的好梦飞回了故乡

爷爷的故乡有一条长长的、长长的小河浜

爷爷的故乡有一方小小的、小小的打谷场

还有一条小路弯弯的，弯弯的就没了方向

小路上，爷爷的脚印好深好长……

爷爷的童年受过许多伤

爷爷的童年吃过草和糠

爷爷把童年的故事编成了山歌唱

爷爷的山歌总是那么忧伤

宝宝，心爱的宝宝

你出生在一个好时光

全国人民都在奔小康

你的爸爸忙

你的妈妈忙

他们用他们的爱

在为你修筑一条幸福长廊

你的童年像蜜糖

宝宝，心爱的宝宝

爷爷想要对你讲

你的童年虽然充满阳光

人生的路上也时有风霜

爷爷不能为你保驾护航

爷爷的路已不再漫长

爷爷只有祝福

祝福宝宝一生健健康康

祝福宝宝一生顺顺当当

祝福宝宝一生天天向上

宝宝，心爱的宝宝

长大后，在闲暇时光

请打开你的记忆之窗

在那里，有一位老人

白发苍苍

那就是你的爷爷

他的怀抱，曾经是你童年的温床

他的山歌，曾经陪你无数好梦

他对你的爱，已经溶入你成长的土壤

宝宝，心爱的宝宝，

在那时，你如果不是很忙

请你每年抽点时间

去看看爷爷长眠的地方

让爷爷孤寂的灵魂

有一刻热闹开心的时光

你要是工作很繁忙

就把对爷爷的怀念

记在你心灵的日记上

爷爷会保佑你

一生幸福

平安健康！

（2009 年 10 月 6 日）

注： 宝宝指孙女许项菲。

四

写给自己的信

我的身体里，活着另一个人

你跌跌撞撞走向黑暗，

走向一条不可回头的暗道。

你在无助之间，闯入了另一个人的身体。

你通过皈依另一个人的灵魂获得救赎。

与此同时，你复制了另一个人的生命。

那个人就是我。

我们合二为一，共同存活。

我称他为我的兄弟，从此相依为命。

我不知道他的前生是英雄还是罪人。

此刻，他是善良的。

他通过他的死亡拯救了另一个人，

无论他缘于何种原因，

他都称得上是英雄。

而我，有了更重的压力，

两个人的道路，只有我一个人的速度。

如果无法完成，我祈求你原谅，

还有来生，

来生，我们一起继续！

（2017 年 11 月 28 日）

注： 我是一名肝脏移植患者，2014 年 12 月 11 日移植。

致我们的年龄

这些人的年龄，像一首诗

写在共和国解放的前夕

有点泛黄，像深秋的叶，

依然晃晃悠悠挂在树上，

像在等待一场大雪的覆盖。

但他代表的是一棵银杏树，有伟岸的身躯，

坚挺的脊梁，有曾经硕大的绿荫！

如果比喻，只有不够。

他们的一生，经历过的历练，

接受过雷电的考验。

他们身上的伤疤，在风里，雨里浸泡成老茧。

成为劳动者的勋章。

如果解剖他们的阅历，他们的故事，

就是一本一本的地方志。

供养后人的文化营养。

是的，现在，他们老了，

他们的目标也许只定在半年，三个月，

甚至一个月或者明天，

但他们仍然与时间争夺着一分一秒。

归途属于每一个人，他们只想

把自己的心愿付给自己的奋斗，

把自己的一生付给岁月，

付给最后的一把火与光

(2017 年 11 月 28 日)

绘　画

展开一张白纸，像展示我自己。

无瑕的心里，渴望美丽。

颤抖的手，

久久地，久久地

不敢落笔。

洁白的宣纸，不能轻易沾染墨迹，

美丽的画面，是完美的人生。

每一笔，都需要百分之百的认真。

选择内容，确定目标，规划画面。

每一幅画里，画的都是理想与梦境，

所以

需要仔细地斟酌，需要小心与谨慎！

轻轻地，轻轻地落笔，让刚刚开峰的羊毫，蓄水，换墨，

让洁白洁白的宣纸，迎接墨的洗礼！

也许，这幅画注定了会被报废，在五彩的世界里，它经不起浓墨的考验，

也许，它会美丽，尽显色彩的斑斓与绚丽。

不管如何，决定了绘画，就一定要落笔。

画面的好坏，三分靠命运，七分靠经营。

（2017 年 8 月 2 日）

给自己写封信

一些事，该明白了。

一把这样的年纪。

不用老想着捡起，

该放下的就放下。

想明白了，就不会遗憾

曾经的过往，

曾经的一路风尘。

看惯了眼前风景，

便会洞穿许多秘密。

人生，在彷徨中前行。

有多少人能穿越诱惑的雾障？

都是带不走的东西。

颇费了许多周折。

当然，倘若有一种美丽，

走近你的心扉，

你也可以把她留住，

假如她能滋润你的生命。

在敞开与合拢之间，

有时需要随心，

过度的举措，都是对生命的折磨。

一些干净的东西，也可以珍藏

比如一些朴实的亲情，

一些纯洁的友谊。

就像童年，那满身粘泥的衣服其实非常干净，

只要心干净，灵魂就会平静。

（2017 年 12 月 2 日）

打　扮

把红涂在唇上，

女孩就平添了三分美丽。

我喜欢打扮的女孩。

就像湖湾柳影，

配以水底蓝天白云。

美能滋补心灵。

给人打扮，

能有效养护眼睛，

给自己打扮，

能收获更多的自信！

(2017 年 12 月 2 日)

无　题

今天不想写诗，

感觉有点像历史，厚，

而且有点重。

没有酒的时候，

无法倾诉衷肠。

只有眼泪加上号叫，才能

淋漓酣畅。

用刻骨铭心铸就坚强，

死亡的路上才有绝地反抗！

纵然失败，也

选择万丈深渊，

壮烈，需要相应的背景，

谷底，才是鹰的坟场。

(2017 年 12 月 3 日)

早上第一件事

早上起来，

第一件事拉开窗帘，

把不是我住的大楼移开，

在恰当的地才给它们固定位置。

窗前那片开阔的空地，

我安排绿化带，

考虑到出行方便，我又安了一条轻轨线，

让 11 号线经过我的家。

应该还有一条小河，

从轻轨底下穿过，

蜿蜒于芦花丛中，直达远香湖。

给它起个好听的名字，紫气东来。

还要考虑手机信号，

我又在不远不近的地方画根竖线，

标明这是信号塔。

在天地接壤的远处，

我准备了山影与早霞。

这是我构思的一幅画，

却是嘉定新城真实的一角，

那里有我新搬来的家。

（2017 年 10 月 1 日）

我被自己疲劳

我看到云，

看到云在移动。

我的心就会被云的高远牵动。

我看见阳光，

看见烂漫的阳光

绿了光秃的山冈。

我的心就会被阳光温暖，

像春天的花蕾，渴望绽放。

我的自主力很差，很容易感动。

比如，当我看到大海上有人扬帆。

比如，当我看到雪山之巅有人登攀。

我就会有一种冲动，
热血喷涌。

我知道我很率性，
缺乏冷静，容易激动。

包括一些细小的事情。

考核时，别人的业绩比我好。
进修时，别人的分数比我高。
即便回到家里，
我依然离不开电脑。
脑子里老是装着一句话，
自己的努力不能比别人少。

就这样，
就因为这样，
我被自己疲劳。

我被自己疲劳，
是因为我志向太高。
我被自己疲劳，

是因为我的心眼太小。

什么事都不肯落后，
什么事都想名列前茅！

（2017 年 7 月 1 日）

渴望一场暴雨

我将烟交给思想者，

将酒交给失意者。

然后转身，寻找我自己，

是否还有更好的搭配？

没有扫把配畚箕那么俗气，

也不用把鹰配给蓝天

让很多人去仰望。

我渴望一场暴雨，将我湿透，

让那些追随我很久的虚假的坚硬软化，

还原棉花的柔软，

我已经被自己的铠甲包裹得遍体鳞伤。

（2017 年 12 月 4 日）

122

城市，我钥匙丢了

曾经的熟悉，

已经不再。

相同的距离，

被等级隔开。

一道一道的环线，

以地价的高低，向你摊牌。

司徒雷登，已经回归。

呵，原来的风景，是否还在？

我将往事交给了记忆。

在郊外，

另觅了一方土地，

我看到

有一颗白菜和一个萝卜，

各占一方天地，

它们一样的面朝太阳，

一样的生机勃勃。

城市，我丢了钥匙。

在另一个地方，

我拣回了自己。

(2017 年 12 月 5 日)

相信誓言

誓言，

是目标的航船。

是愿望的风帆。

是我们在路上遇到了困难时最真诚的朋友。

是让蒲公英飞扬的风。

我们看见云在燃烧，

那是阳光在染她灿烂

我们看到瀑布飞流直下，

那是森林希望她壮观，

在暗地里为她输送力量。

成功的背后，

是动机的赤裸与决心的坚强，

还有胸的博大。

既然慨然相许，
就紧紧相随，
信心与梦想。

相信誓言，
就是相信力量！

相信誓言，
梦，
就会飞翔。

(2017 年 7 月)

一个还在路上的老人

左手揣着惴惴的命，

右手举起年轻的心

一根拐杖计着步数。

喜欢东边的风景，

就忘记了路有多远，

忘记了还有风雨，

忘记了会不会倒在半途。

不顾一切就打起行囊，

背包里塞满年轻时的衣裳。

没有痴呆，

有一点点类似于求爱者的痴狂！

类似于晚霞追着落日的余光。

（2017 年 12 月 30 日）

假如我今年六十岁

假如我今年六十岁，

我会重订我的规划，

我会将一棵树规划成一片森林，

我会把一条河规划成大海，

把自己规划成初中生，

重画一条起跑线，与没有胡子的人竞赛。

假如我今年六十岁，

我会约三两同好，去西藏，

寻找通往珠峰的路，

重新拾起当年的脚印，

重新实践一次对梦的登攀。

假如我今年六十岁，

我会携起孙女的手，

在各自的宣纸上，
涂上同样的色彩。

我今年已经过了七十岁，
脚下的路已经蹒跚
我多么希望自己刚满六十岁，
我现在只有一颗心
还有点像六十岁！

（2017 年 12 月 31 日）

我用偏见守护自己

人上了年龄，看东西有点不清。

孤僻的我，不仅如此，

一些看得清清楚楚的东西也会产生偏见。

比如一个男人长着胡子，

去学女人穿上裙子，尖起嗓子，

在阳光下大红大紫。

比如一个女孩，

长着雪白的皮肤，漂亮的脸蛋，

却把一条手臂纹得漆黑如炭。

我知道这样做属于法律允许，人身自由。

但我在心里，

会把他们当成坏人。

假如你身价亿万，在公众场合喜欢显摆。

我也会把你当成坏人。

就算你是个老百姓，去饭店吃饭，

对着服务员拍桌子瞪眼，

我一样会把你当成坏人。

包括你在菜场买菜，付款时不肯排队，

包括你在挤车时踩了人家，

不肯道歉还一脸无所谓。

我的偏见无处不在，

小到城管砸摊，警察耀武扬威。

大到毒食的泛滥，人为的灾难。

一切利己害民的行为。

我都把他们当成是坏人，或坏人所为的行为。

我只小心翼翼，

走一条良民百姓的田间小路。

低着头，

俯着腰。

远离那些人，

直到终老！

（2017 年 12 月 1 日）

我过着虚胖的日子，感觉刚好

在菜场，我也买鱼，买肉，
一切日常的荤素，
包括一些日常的水果，
生梨，苹果，哈密瓜。
如果在节日，如果有贵客或稀客远来，
我也会花一点小血本，买一桌贵重，
加一瓶老窖。

我还喜欢随一些团队，成群结队去一些农家乐，
在有山有水的地方，倚着石头或树
拍一些照，
在手机的美篇里写上"到此一游"，
在朋友圈炫耀。

说真的，在风景秀丽的景区，

排着队买票，我与所有人没有区别，

我们付钱时一样爽快。

我不会有丝毫的表情流露内心的窘迫。

最多在心里说，这门票有点贵。

最爽的是在景点扶住一块石头，

向着大海招手，那一刻

我与伟人一样，

心胸远阔。

谁也猜不出我是什么角色。

虚胖的生活，给我脸面上诸多光泽。

只要没有天灾人祸，只要没有大病临身

这样的生活刚刚好，

我对世界的要求不算太高。

（2017 年 5 月 6 日）

我对自己没有太好的办法

我丈量过父亲走过的全部路程。

我用二分卡一厘米一厘米的检测，想从

父亲的经验中找到自己有用的借鉴。

我发现我与父亲一样

像一头牛在绳索的牵引下努力奋斗，

身后的粮仓却空空如也。

我问过屋后的小河，小河流了千年已然弯弯曲曲。

我走向门前的小路，点一支烟，

想在漫步中的沉思里获得某种启迪，

却发现自己的每一步都在重复父亲的脚印。

而父亲不是太阳。

我对着风对着镜子告诫自己，要努力，再努力……

除此，我对自己没有太好的办法，

不然，我不会像现在这样。

（2017 年 5 月 9 日）

向自己下海的经历致敬

面向大海，向死而生！

——题记

这是一个时代的驱赶与引诱。

每一次潮水的涨落，

都会有一些悲壮沉没。

故事太多，写不进历史。

只有一些惊心动魄，在民间放映！

我却是在这样的时刻做出了这样的抉择，

没有降落伞也纵然一跃。

没有考虑医院里会留有病床，

准备了把大海当作自己的坟场。

那些阴霾的日子里，

浑黄的海水里带着溺水者腐尸的异味。

我举杯邀月，喝下的正是这种异味酿成的烈酒。

而只有这样的烈酒，才有资格为孤独的勇士壮行。

浴血中的淋漓配得上刀尖上的酣畅。

无声的战场上刀光剑影

阴谋如谍影闪烁

献媚的微笑中藏着残忍与狰狞。

八千里路云和月……

我回来了。

遍体鳞伤，没有死亡。

我在放纵的歇斯底里中绽放自己的壮烈，

收获生命中最灿烂的阳光！

（2018 年 1 月 1 日）

借我一缕阳光

风雪这么大，这季节，
注定了会一路寒冷。
也寻找过港湾，
想避一避风浪。
呛过了海水，知道
海的博大。
假如被埋葬，也是
一件轻描淡写的事。

根本就没有浓墨重彩的可能，
何必轰轰烈烈，弄许多的泡沫？
我只想在熙熙攘攘的人群中，
找到你，
向你借一缕阳光，
暖一暖冻伤的心。

我只想继续我脚下的路，

我相信，翻过了前面的这座山，

我也会有属于自己的春天，

那时候，我还你满山遍野的芬芳！

（2017 年 11 月 28 日）

五

竹杖芒鞋走天下

游太湖

未来之前，

我已经知道太湖是什么模样。

我去过洪湖，去过西湖，

更远一些去过洞庭湖，

近一些去过淀山湖，

如果不论腕儿大小，我家旁边

有一个叫浜斗的地方也很像一条小一号的微湖。

说到底，湖与河与江

甚至与泾，与泽，

更甚至于溪与泉，抑或一口井，

没有多大区别。

它们一样向水而生，

就像我们面向生活而无论白人黑人。

我生长于城市，

在熙熙攘攘的人群里惯了，就知道了水的脾性。

走近太湖，只为与老朋友重叙，

聊一些新近发生的故事。

比如今年的红菱因丰收而价格下降了。

而芡实虽然涨价了但今年歉收。

连"太胡三白"也落入同一种命运。

包括门票，包括住宿费与其他土特产，

所有的这一切，都包含在太湖水的水位高低里面。

我选择泡一壶碧螺春，这里的特产。

虽然味道与话题都与去年相近，

但毕竟年龄已与去年不同，

而太湖，恰恰也是一个能够迟滞老人年龄的地方。

（2017 年 9 月 6 日）

游富春江

都说富春江美丽，
就去坐富春江游船。

两岸有许多房子，
也有许多高楼，吻云拂雾。
我不喜欢房子，我看山，
山的青绿，山的生气勃勃。
看水，水碧如玉，看水中两岸倒影，色彩绚丽。
我在游船上放飞想象，
我看到严子凌不在钓鱼，
郁达夫也不知去向，王映霞到死没找到他。
只有叶浅予，还在画画，他的身后，
黄公望正看着他，
《富春江新图》他没画完，
有好多风景，日新月异，他来不及添加……

在富春江，我捞到许多故事，

有些已经很老，

有些刚刚发芽。

(2017 年 10 月 2 日)

风景与时俱进

小车一拉速度就晕晕乎乎，

两边的风景也跟着晕晕乎乎

风景与时俱进

风景以晕晕乎乎的姿态走向边缘风的高点。

而旅途时畅时阻，

带着哲学的面具，

以常识概括了多数人的一生。

这无关我们这一次是否出游，

其终点都一样。

而我，常常在醉酒中，

才能领略到晕晕乎乎的玄机，

人生的至高境界！

（2017 年 10 月 1 日）

去西山游

在这里，
养心之地。
一片水的世界。
给生活柔软与静。
而游客，络绎不绝，
批次轮流。
像古时的驿站，
次第往复。

我不为这里有"三白"，
不为这里的大闸蟹闻名中外。

我只到此一游，
没有功利的预算，
没有深刻的含意。

只为这里的水有点像雪山上的雪，

纯洁得比纯洁还要纯洁！

我想借这里的水洗一洗都市的喧嚣。

（2017 年 7 月 12 日）

游旧青浦青龙镇

说起旅游

我想再去一次青龙镇

虽然近在咫尺，不足一小时车程。

我却觉得好远

永远无法抵达它的腹地，

很想做梦，让我找到祖先的脚印

四千年前的东海

汹涌旳浪尖上，海鸟折断翅膀

尸骨埋在青龙塔下

我想到先辈在这里

过着撒网拾贝的生活

如果有史载，

这地方应该精彩

而我，只是在四千年后，驾车游览。

与青龙镇合一张影,

为上海青浦这一方残缺的历史补白。

(2017 年 9 月 22 日)

鹰（朗诵诗）

我喜欢看你的雄姿

看你巨大的翅膀风帆一样

在蔚蓝的海面追风逐浪

看你在蓝天自由翱翔

想象童年放飞的风筝和理想

呵，看你的威猛

看你斗士般的英姿飒爽

看你冷凝的目光

巡视在河流与山冈

让所有的猎物

泯灭逃生的希望

看你从高空俯冲

离弓之箭如闪电般锋芒

看你空中搏击时的疯狂

一爪一喙如铁如钢

浩瀚苍穹

血色残阳

凄唳长鸣

羽毛纷扬

呵，我的鹰我的蓝天之魂

我心中永恒的王

你的飞翔英姿

铸就我灵魂刚强！

（2017 年 5 月 3 日）

一组短诗（碎光偶拾）

迁　居

迁居新城成新客，
常念老宅近古塔。
早起晨步围墙转，
不见旧邻不说话！

画　松

提笔几度欲画松，
古壑绝壁悬半空。
高天乱云飞渡急，
远山近山不见峰。

为唐代仕女图配诗

一杯清茶守孤灯，
红幔帐中等情人。
谁知舞女心中苦，
相思无主如风筝。

垂　柳

借得春风舞纤腰，
东风西风随风摇。
犹如今日轻薄女，
爱弄风姿爱卖骚！

梧　桐

盛夏华盖浓荫重，
凉客纷至好汹涌。
一朝秋来落叶尽，
光杆枯枝独熬冬。

紫　薇

纤枝园中随风摇，
玉身涩涩初含苞。
独忧陌人生邪念，
未及芬芳香已消！

银杏树

根挤薄地荒一亩，
枝横高天绿半顷。
傲然乾坤冲天立，
挺身当为擎天柱。

无　题

阴雨连绵不见停，
湿了情绪潮了心。
今日无意再读书，
一杯小酒等天明。

游洪湖 （三题）

烟笼碧水如雾纱，

芦叶荷花近渔家。

游客初来乍为客，

一曲渔歌醉浪花。

题瞿家湾

百尺小街寻旧梦，
蓦见贺公当年床。
有情轻吟赤卫歌，
壮志而今寄何方！

观赤壁旧址

滔滔长江千古流，

萧萧赤壁几度秋。

不是周郎当年智，

哪有英名天下留。

（原载于《人民邮电报》1991 年 5 月 10 日）

六

我收藏了一枚枫叶防老

春　苗

冬天破裂了
春天从里边钻出来

象小鸟啄开蛋壳

春苗尖尖的芽顶破冻土
周边一地碎冰

天空好蓝，白云朵朵
两张叶片，张开来，成为
翅膀

向着蓝天
向往飞翔

（2018 年 2 月 6 日）

孵太阳

冬天，暖意稀薄
象高原上的空气，氧气稀薄

很想挪一把椅子，找一堵墙
挡住寒冷的北风

截住阳光
为热量不足的躯体
充电

就象昨天下午，在敬茶坊
参加楼耀福的《局外树》新书发布会
听王周生的肺腑演讲，听吴亮的自谦说辞
听殷惠芬讲夫君的写作与为人
听王周生谈《局外树》里记录的那些人事时

那样动情与那样动容！

酒精炉上温着的红茶
把氛围熏染得苦涩而又温润
如沉，如浸
恰似阳光穿透了那身防寒的棉袄

呵，人老了，怕冷
总想着找到阳光，找到墙
孵在椅子上
采撷一些温暖，益寿延年

(2017 年 12 月 9 日)

我收藏了一枚枫叶防老

从六十五岁那一年起

我就把自己的年龄

与晚霞一起挂在了枫树上

这让我与枫叶之间产生了一种微妙的关联

住在嘉定

我常去秋霞圃

看满院红叶

因为秋深了，那叶就

红得象火

似乎这午后的阳光，能

将它点燃

我收藏了一枚刚被秋风点名的落叶

它从树上飘落时

我伸手接住了它

感觉象接住了一个沉甸甸的日子

我知道，枫叶里含有春天的温度

我把它带回了家，粘贴在

日历上

我要让一年四季的每一天

都红红火火

都有春天一样的温度，我希望自己

能有一个如枫的晚年！

膨胀剂

日子，从微信里钻出来
掀开你的被子
在你吃早饭之前，先喂饱
你的眼睛

节日越来越多，来不及接待
那些铺天盖地的祝福与问候语
赶走本义

在你的手机里，堆满流量

还有隔三差五的投票
像一封封送不出去的死信
被要求一次次反复投递

我知道这很无聊，象用不值钱的东西

去换不喜欢的东西

但我还是每次都认真地当一回事
把闲得无聊的热情投出去

以为这样就遂了一份心愿
以不费力的方式讨得一份欢心

我一直以为手机是用来通信的
原来手机还是银行卡，还是游戏机

在轻轨车上和候机大厅里
手机拘禁乘客
不让他们看见外面的世界

有个十八岁的女孩送了命
她斜着走路一直走进广场游泳地

生活里的内容越来越多
时钟里添加了膨胀剂
涨胖每分每秒

日子一天比一天虚胖起来

（2018 年 1 月 12 日）

门

我看见的门

被时间仗量了很久

它的一头连接坚固的防御

另一头连接一些人内心的需求

我们常常要走很多路

与付出交换，以血泪为代价

目的就是为了抵达一道门

门，是人为的墙

它从来就是墙的另一种存在方式

看惯了大海在撞向山崖时的悲壮

也就理解了黑暗中会有那么多忙碌

这一切，都与门有关

常见的情况是

墙破了，那道缺口就成为非法之门

可以熟视无睹

可以禁止通行

(2017 年 12 月 28 日)

韭　菜

想到诗经

想到诗经的那些女孩

身材窈窕

被风收留

成为烟花女

在筵席旁，被廉价叫卖

壮阳之物

成为男人的菜

一旦抛弃

与荒草为伍

(2018 年 1 月 2 日)

2017——再见

那些过去的日子

我都放在嘴里嚼过

它们的味道

象极了口香糖

带着清凉

带着香

带着甜

带着乏味

我在那些日子里匆匆前行

有过发现

来不及驻足

有过疏忽

来不及补遗

象一列列车，我没到站

它已驶过

尽管如此
每一天
还都是我的兄弟
我们一一碰杯
然后，告别
明天的舞台
幕布正在拉起……

(2017 年 12 月 29 日)

《晚　曲》

这时候，大阳正好还有
一竿高
我喜欢选择在这个时候练琴
这时候的阳光射出的光谱里有更多红色

象红杉树，老了，质地会更红一些

我家的门前是一条小路
旁边是一座土山
满山的红杉树
箭一样指向天空

村民们砍它们回去建房
做屋梁
它挺拨而坚硬，是屋梁的材料

它扛得起一个家

我在弦上加了一点松香
让声音更磁性一些

我把低音部分拉得绵长而委婉
带一点伤感
这是因为红杉树，它给我历史悠远而深重的感觉
有几阵子，我也拉得激越而高亢
那也是因为红杉树
我知道它刚烈的个性和它成长中一些壮烈的故事

我一直想为红杉树写首歌，找不到恰当的词语
却无意间先谱了曲
红杉树说过
好听的音乐并不因为歌唱

红杉树属于音乐
我给它起了个名
叫《晚曲》

（2018 年 1 月 24 日）

我的语言是冰

我曾经从冬季走过

那雪，那冰凌

我感谢季节

丰富我的语言

感觉总是麻木，醒悟总是姗姗来迟

温度没有升起来之前

我们歌颂梅花

用一种虚拟的希望自嘲

天太冷，说出的话也结冰

我一直以为生活在北方才会冷

其实南方也有季节

还好，我从来没把一朵花看成春天

我想象中的春天

每一朵鲜花的脸上都有微笑

(2017 年 12 月 28 日)

酒　话

听说朋友要来看我

心里有一种高兴

像吃了一口哈密瓜

不是因为它品位高

是因为它很爽口

如果放在以前，就不是这种感觉

我会反复盘算，找一家什么样的酒店，适合你的身份

点一些什么样的菜，合你的口味

不管你是否会喝酒

因为你的来

我先为自己找到了喝酒的充分理由

如果你不会喝酒，你就喝茶

我们同样举杯

让话题激昂，让青春铿锵

把并不富裕的生活，显摆得体面而有光泽

那时，喜欢追求生活虚浮的表象

现在，不一样了
年龄堆积的伤痕，注入血液加剧了酒精的浓度
岁月聚拢发酵过的苦涩，淡化所有的滋味趋同

不要怪我，朋友
我真的不肯喝酒，我的肝，我的胃，我的肾脏
它们手里握有刀枪
坚守在喉咙的通道

那么，你用酒吧，我用茶
我们同样举杯
你喝慢点，我喝快点
用心里的度持平彼此的酒量

我们把浓度转到友谊上
说一此各自的今天
工作上的不爽
旅途中的新奇
人际间的不睦

朋友间的真情

我现在早已变得胆怯，甚至麻木
性格已与退化中的生命匹配
也与阅历匹配

看到贵人，仰望而不去接近，防止他们的眼光灼伤我的自尊
看到那些头望着天，闭着眼睛说瞎话的人，不再争辩
而是找一块栏板，与之隔绝
对那些高傲的人，那些自我感觉特别良好的人
那些夸夸其谈的人

我后退五十米，保持与他们的距离

对在微信群里你为他点赞，他都忙得没空回你一个表情的人
我理解他
不再去打扰他，就当自己眼花，匆忙中把牡丹看成了蔷薇
忽视了它的高贵

所以当有朋友来看我时，我的内心里会有一种温度
是血液中的温度
慢慢上升，温暖全身，被人友好相待，是一种幸福

它会让老化的年龄出现短暂的虚拟的青春

让平凡得如同一碗番茄蛋汤的生活
重新有了海鲜的美味

每一次朋友聚会
犹如昙花一现
短暂而美丽

也因为短暂才显得珍贵
它像生活中的一颗颗闪亮珍珠

串起人，比过贵妇人

朋友，假如允许
明天，我们就找个小地方，清静一点的地方
假如你的孩子或孙子孙女还小，就一起带上
饭后，我们一起去公园或绿化带

我们不谈人事
我们多淡一点自然
花草，树木，河流和飞鸟

很多时候，它们比我们更加优秀

（2018 年 1 月 31 日）

我的饭碗我自己做

那次看见泥塑
一坨泥巴在转盘上转
巧手做出各种陶罐
那个时候我就想到了饭碗
想到做出一只饭碗来是如此不易

烂泥翻复摔打，打出韧性
转盘通了电，永不停息
我想到我下海的那些风风雨雨的日子

碗里的寓言来自教科书
我的饭碗我用汗水搅拌
尽管碗做得有点粗糙
尽管碗里的菜肴不够美味
但这与我的手艺，我的身份

匹配

进不了五星级宾馆
我就待在农家小院
那些来农家乐的客人
很喜欢与我碰杯!

(2017 年 12 月 29 日)

城市的窗口

我看到的高楼

虚张声势，各自占有一席之地

理所当然地傲慢

阳光沐浴它们

显得魁伟

还有人群，小如蝼蚁

每一扇窗，都是开放的笼子

你可以关起来，也可以飞翔

但要小心，摔下去，犹如峡谷

下面是坚实的水泥地

我们被大楼托举着

却看不到城市的深处

当风雨来袭

如何自救

更远的山脉，旷野，村舍

那些蚯蚓一样的河流，更看不见

因依稀而可以当作朦胧

将诗与远方寄存

我却悲凉由此而生

（2018 年 2 月 19 日）

路将尽　当何论

行路之初，有勉言
"路迢迢，其修远兮
吾将上下而求索"

路行半途，有何言？
"八千里路云和月"
剑指长空，壮怀激烈

路将尽，当何论？
武瞾娘娘说
"路尽头，可以看风景"
自己看
别人也看

倘若无，又如何？

问汝，答曰：

路漫漫，岂有尽时！

不如深入，或为路边尸骨

有史示，凡景者

锦绣养目

壮烈慈心

（2018 年 2 月 21 日）

很想，在心里种一座山

很想，在心里种一座山

让自己有一个高度可以登攀

在可能的一天里，登上顶峰

与那些我敬仰的人站在一起

看钻出云层的山峰，它们的傲然与险俊

以及它们被白云簇拥与追捧的风采

看山峰上的那些古松

苍翠墨绿，横臂凌空

让你感受壮士的风范

也可以在炎热的夏天

在半山腰，找到避暑的浓荫，约三两相知

不一定谈李白与杜甫

也可以谈鲁迅

也可以淡生死

在无话可说的日子里

可以去找一块坡地，垦荒整土

学农夫种地

也学农夫的情怀

哪一天死了，就埋在这山脚下

成为山的一部分

让自己平凡灵魂也享有山的高度

好像我是夹竹桃

看见燕子飞来
看见燕子穿梭于柳荫
在有水的地方
学蜻蜓点水
那种偷偷摸摸的亲热，象极了一种爱昧

就在那一排垂柳下面
那一条河堤
早绿的草皮，象河流绿色的披肩
偏偏那几朵粉红色的挑花
穿过小区的围墙，弹落两朵花瓣
不合时宜地扮演了小鲜肉角色，抢景登场

而在我诗中一再出现的那只长着绿色羽毛的长嘴水鸟
此刻再一次出现在眼前
它细细的爪子钩住一支逸出的灌木

眼睛专注于水面
水面上泛起的每一朵小水花
都会让它兴奋不已
它对水花的关注超过一切
好象这世界上除了水，就只剩下水面上的水花

在平静的水面上，出现
水花就意味着有小鱼在换气
这正时最好的机会
它几乎百发百中

而我常常自愧

有时候也会有一二次机会
像一个小孩挤在长长的队伍里
快要排到时想买的肉没有了
总是这样

总是这样
面对一切美好的机会
好像我是一棵夹竹桃
每一年的二十四花信里都不会有我的份

原因仅仅因为我只能成为釜底之薪，不能成为栋梁之材

（2018 年 2 月 12 日）

关于口水

口水是一款时髦的饰件

有点象舞台上的变脸

在需要的时候可以同时担当几个角色

它能穿越魔术的功能而又不冠魔术之名

象极了隐形战斗机

在你毫无察觉之前，给你

致命一击

在另一种场合，口水是辩论的的代言

它以飞沫的姿态实施全方位攻击

地毯式轰炸不漏一寸缝隙

飞沫虽被冠以野蛮但距离胜利很近

口水还是诗

口水诗的流行证实了口水还可以温文尔雅

可以在读者面前以读书人的面孔出现

让不知真相的人以为这就是老师

我并不以为这样的人就是坏人

他们的可爱正来自于他们的天真

明明涉水不深还自以为老谋深算

把枝节当成躯干

把生活中常见的度搅混

一任个性张扬无羁

在无揣的情况下

瞄准不舒服的所有人

一路跌跌撞撞，弄伤别人也弄伤自己

我很想在我与他之间，筑一条篱笆为河

分成彼此两岸

你在此岸我在彼岸

你在彼岸我在此岸

却禁不住时时回首

丢不下那熟悉的身影……

（2018 年 2 月 12 日）

七

关于诗的诗

致先锋派诗歌

擦肩而过的瞬间，

我们站停，相互注视。

你长得似是而非，

我有点土里土气。

各带了一份好奇，

彼此的怀疑。

你喜欢前方的太阳，

海水做成。

人是石头，火是骨头，

坚硬的血液如铁如钢。

我迷离昨天的花

依然芬芳，水

依然流淌。

白帝城
依然面朝长江。

我钦佩你的勇气，
敢把大海移上山冈。
我只留恋那条小木船
慢慢驶向远方。

一样的瞳仁，
不一样的目光，
无法抵达彼此的对方。

近在咫尺，远如天涯。

既然无缘并行，
就相互放行。
你去你的撒哈拉，
我回到秋风所破的茅房。

向着距离，
我们相互致意！

（2017 年 8 月 12 日）

语言已被诗人掏空

语言是一位漂亮女孩，许多人想走近她。

多数人只是喜欢看看她的外表。

她的外表很美。

也有一些人想看到外表里边的乳房。

那些写散文的大家，

总在一些时候感到惊讶，

发出啊啊的声响。

最使坏的是诗人，

他们像狼一样，

搜肚刮肠，吞噬可怜的羔羊。

留下一些啃不动的骨头，扬长而去。

诗人是语言之狼，

他们用夸张制造假象，

用隐喻挖掘地道，建自己的庇护所。

用一些不相干的花布，冒充衣裳。

而那双贼溜溜的眼睛，

一直在窥视张望。

如果有一天，

他不做诗人，也许会回到故乡。

(2017 年 9 月 10 日)

为一把剪刀呐喊

我必须说，

这是一把剪刀。

我认识剪刀，

它张开时像燕子的尾巴，

由两个一半组成，合二为一，是一个组合。

我必须强调，

它就是一把剪刀。

它的功能就是剪断东西，

可以裁剪衣服，可以整枝绿化。

也可以利用它的单边，切削一些东西。

我们没有必要眯起眼睛，倒立着身体，

说那是两把匕首。

我们没有必要说，那是人的两条大腿，

走路可以不分先后。

没有必要，

没有这个必要。

剪刀就在桌上，偏去研究牛毛。

我必须大声说，

我们要研究的是德国制造。

我们要研究的是什么款式更美，什么钢材更好，

怎样才能更好使，

怎样才能更耐久。

我们要从剪刀的本体出发，学习德国制造。

而不是强调剪刀可以夹面包。

(2017 年 9 月 18 日)

八

时间远去了

回想是一棵绿色的树

——致兄长

在时光的碎片里，
在偶然之间，
在一次不经意的疏忽里，
随便提起你，
我都会立马凝思。
稀释所有的图片，
只留下对你的回想。

想起你又来看我，我出院不久，
躺在床上，你就坐在我对面，
在那张木制的沙发上，
你一次又一次
重复你的关照。

想起在你家里，

与小余一起"斗地主"，
你赢牌时的开心，
多像孩提时我们一起
钓到一条一斤重的黄鳝时的开心。

想起童年时的一次斗殴，
我用筷子抵住你的胸口，
你掰开我的手叫我快点吃饭，
吃完了一起去割草。
呵，想象中的那一幕又一幕……

回想是一棵绿色的树，
让我的记忆不老。

每一次重回老宅，
看到墙上的你，
我都会沉默很长的时间。
让心在静静的沉默中绞痛。
只有在这样的痛中，
我的灵魂才能得到片刻的安宁。
哥哥，你是我心中的一片绿叶，
只要我活着，
每一天，你都活在我的心中！

（2017 年 9 月 12 日）

探　望

　　听说同乡朋友顾月明住院了，是胰腺癌晚期，我知道他将不久于人世。与妻子和她的同事去看他，感慨系之，以诗为记。我妻子和她的同事是知青，当年受到过他诸多的帮助。

　　　　医院洁白的外墙，
　　　　安静又安详。
　　　　秋天已深，光阴西斜，大楼的
　　　　影子被慢慢拉长。
　　　　在酒精味的空气里，闪过以往的笑脸，
　　　　此刻，我握住你的手，
　　　　知道安慰是一种虚伪，
　　　　仅仅是借助谎言传递希望。
　　　　生命在流水线上，
　　　　需要有温暖输送。
　　　　尽管心愿只是缥缈的枫叶，

我还是抱着希望。

等你康复之日，重新举杯，

我们不谈谁是英雄，只说岁月绵长……

(2017 年 9 月 30 日)

告　别

如果可能，这一刻

我只想采一朵野菊花

放在你枕边

让你安详地闭上眼睛

时间之箭

无情地穿透了你的胸膛

才十天时间

上帝眨了一下眼

你就意会到了生命的回归

一如秋天的落叶

无声无息

我在你的时间之外

伫立

为你默默送行

天黑透了

朋友，一路小心！

(2017 年 10 月 12 日)

注：2017 年 10 月 9 日朋友顾月明去世，终年 67 岁。而在 10 天前，我刚写了一首探望他的诗，岁月无情呵！

朋友，一路走好

——致好友马鹤龙

西风里，铺满了落叶，

这路，就淹在落叶里。

人们走过，没有留下眼睛，

只是用余光，匆匆一瞥，

似乎这落叶与凋谢无关！

轻轻的你走了，不惊动一片落叶。

我却伤感！

曾经去看你，未能相见。

希望能有奇迹，奇迹没有出现。

黄昏的氤氲很重，烛光里香断魂消。

想到你的从前，想到你的年轻时期。

我们相差无几，你恰似我的一棵庇荫大树。

在一个队里，你给了我诸多的照顾，
未曾忘记。

都一抹烟云随风了，只在深处，有蝴蝶的翅膀在扇动，
只要想起，依然心重。
没人通知我，你去了。
大概就因为你很平凡，
这个病，这个年龄，这样的走了。
在乡下，这样的事很平常。像一朵云，
飘远了，就飘远了。不太当一回事。
然后，这却是一条生命，人的生命！
你就这样轻轻地走了，云一样走了。
我心里，却像有一块坚硬的石头，粉碎了！
朋友，一路走好！
在你身后，有一个人正在双手合十，
为你祈祷！

（2017 年 9 月 24 日）

九

散文诗

女孩的手帕

女孩手中的手帕，是女孩心灵的诗行。流泻美丽，流泻羞涩，流泻难以启齿的情感，流泻某种暗示……

女孩手中的手帕，是掩盖青春恋情的帘布，掀开芬芳的一角，可以窥视女孩慌乱的心律搏动，没有成熟的禁果，正在呼唤一种渴望。

轻轻地扬一扬手，便有一股柔柔的风。送你片刻的温馨，尝尝春心编织的幻梦，却又一丝淡淡的苦涩，勾起你无限遐想……

女孩诸多的心事，常以晶莹的泪滴溶入手帕贮藏。无法选定一个日子，去倾吐衷肠，任手帕追着风流浪……

总希望找到一种寄托，让女孩的手帕成为男孩的梦，等不来机遇，等不来让人炫目的时光。

更多的时候，女孩手中的手帕，成为一种心灵的薄莫，掩饰无奈和忧伤……

无尽的思念……

无尽的诗行……

什么时候，手帕能成为风筝，嬉戏于烂漫阳光？

男孩的誓言

　　男孩喜欢象征。高山上的旗帜，海风中的鸥鸟，悬岩上的古松，激流中的木筏……

　　男孩喜欢用这样的比喻来象征自己，尤其是在女孩面前。男孩在词典里找不到怯懦两字。没有石头的时候，男孩不肯轻易地伸出拳头。

　　男孩还喜欢留胡子，留长发。必要的时候，也喝一点酒，抽几支烟。一切男子汉所具有的素质，男孩总想在一夜之间全都学到。

　　男孩将这一切作为自己的誓言。

　　男孩常常说：走，到外面去闯闯。当男孩觉得自己的言行有时显得太刚太硬的时候，也会用鸭子般沙哑的嗓门哼几句流行歌曲。

　　面对男孩的一切，女孩常用一方洒有香水的手帕，掩住嘴笑。

　　笑男孩幼稚呢，还是笑男孩可爱？

　　男孩在这一刻疏忽了，他没注意到这一刻女孩的暗示。

难道疏忽，也是男孩的誓言！

（原载于 1993 年 8 月 20 日《上仪报》）

注： 这两首散文诗在《上仪报》发表后，曾获得上海作协党组书记赵长天的好评。

洪湖游记

浩渺处，极目千里尽碧。细浪中，轻舟荡漾，有鱼鹰戏水正急。乘兴随艇游，谁识洪湖水色？青比蓝，绿更胜玉，与千岛泽国共质。

闲寻荷花迹，寥落几点红，寒寄港侧。遥想贺公曾当年，两把旧菜刀，四方扬威。倭寇芦荡沉白骨。

叹后事不堪！

而今，冤已申，重祭冥国路，能慰英灵？

看波光点点如粼。风景如画处，还在今朝。

神州上下，一声令，万马急。

注：千岛泽国：千岛湖。

感觉三题

一、脚　　步

山，不高。谷，不深。连绵成一片，也恢宏。

天没亮，一片灰蒙蒙。没有太阳，没有月亮，连星星也没有。但有风从谷底扬起，群山嗡嗡。像海浪拍岸，似松涛低吟。

那其实是一座城，一百里方圆。临海，是海滨之域。

渐渐地，一种声音，从夜色中响起。极轻。又重。

咚……哄……

咚……哄……

是樵夫？是石匠？也许是采金者？老人，无疑。一定是脚步声，老人的脚步声，老人的脚步声！节奏，慢，但不停。

声音像是从远古的峡谷中传来。

咚……哄……

咚……哄……

拖着脚镣一般，大山似沉。

声音突然中断。

静，死寂般静。

蓦然响起尖厉的长嚎。群山嗡嗡。

咚哄……嗡嗡嗡嗡……

咚哄……嗡嗡嗡嗡……

脚步声又起。沉。重。似乎近了。节奏在加快。

他向东望一眼，一片灰茫茫白。

于是，两手曲成两片瓦，拼成喇叭。向着灰蒙蒙的群山峡谷喊：

喂……

啊……

噢……

整座城都听到了，整座城都在回答。

喂……爱爱爱爱……

啊……啊啊啊啊……

噢……哦哦哦哦……

二、黎　明

东天，墨缸翻了。厚厚一片，使人想起钢板。

天的一隅，地平线，天地缝合的针迹。旷野，四面起风。芦花，蒿草，卧倒又挺起。

一群水鸭子，从泽地飞起。贴着花穗，越过荒原，消失在朦胧的长天里。空气，震荡了，咕咕地呻吟。

一只狡兔，从草丛中钻出来，落魄似四顾。接着，就跑。旷野，画出起伏的曲线。

轰隆——轰隆——

大海，涨潮了。

远处，有野狐在凄厉地号叫。一群小鸟喊喊喳喳地扑进竹林子。

终于，大地颤颤地动了一下。

像地震，不是地震。

地平线清晰起来。钢板出现裂缝。

血，从伤口射出，染一地鲜红。

三、火　药

古塞，堆积着白骨。似冰山。

有鬼魂游荡。

一匹马，踏进去了，一个人，在马背上。有枪。

古塞，像海沟。荒草、野花。有咸萝卜似的腐味。是发酵着的尸体。

狗一般的狼，夹着尾巴，跑很长一段。站停，回头。绿眼睛阴森森的。阴一阵，又转过身来，勇敢盯着，脚在抖。

马，枣红色。像一团火。往前动了动，绿眼睛赶紧掉头，奔。

马背上的人，没有动。嘴角掠过轻蔑的一笑。不感兴趣。

海沟在延伸，两边出现绝壁，悬着古松，苍苍然。

抬头，扁扁的天，一条缝，横亘碧空，云在缝里游。

人，看见了，一只鹰，停在古松上。

人，举起枪。瞄准。

鹰，飞起来。

天，没有了。

一团墨块似的乌云迅速压下。

风，从沟底腾起。半山腰，无数树叶下来又上去。

人，举起枪。瞄准。

身后一声惨叫。惊回首。鹰，拖住一头野山羊，腾空而起。

灌木丛中剧烈摇晃起来。石壁发出嗡嗡的响声。

砰！

人，开枪了。

空气中，到处是火药味。从古壑中弥散开来。一圈一圈扩散、扩散。撞到石壁上，沉到沟底，再合成一股，升起来，升起来。升上谷顶，从那狭狭的缝里浸出去……

九百里外，都是火药味！

（原载于 1988 年 2 月 25 日《太原日报》）

图书在版编目（CIP）数据

秋深枫叶红／唐友明著. —上海：文汇出版社，
2018.6
ISBN 978－7－5496－2608－3

Ⅰ. ①秋… Ⅱ. ①唐… Ⅲ. ①诗集－中国－当代
Ⅳ. ①I227

中国版本图书馆 CIP 数据核字（2018）第 110594 号

秋深枫叶红

作　　者／唐友明
责任编辑／吴　华
封面装帧／王　峄

出 版 人／桂国强

出版发行／文汇出版社
　　　　　上海市威海路 755 号
　　　　　（邮政编码 200041）
经　　销／全国新华书店
排　　版／南京展望文化发展有限公司
印刷装订／上海新文印刷厂
版　　次／2018 年 6 月第 1 版
印　　次／2018 年 6 月第 1 次印刷
开　　本／960×640　1/16
字　　数／100 千字
印　　张／14.75

ISBN 978－7－5496－2608－3
定　　价／35.00 元